Marguerite ABOUET

Mathieu SAPIN

Akissi

ATTAQUE DE CHATS

D'après l'univers graphique
de Clément Oubrerie

Couleurs de Clémence

GALLIMARD
BANDE DESSINÉE

À Marie Badomin, avec toute ma tendresse.
M. A.

Merci à Yvette pour les précieux DVD ivoiriens.
M. S.

PEFC
10-31-2065
Certifié PEFC
pefc-france.org

© Gallimard Jeunesse, 2010
N° d'édition : 344977
ISBN : 978-2-07-062802-5
Loi n°49-956 du 16 juillet 1949
sur les publications destinées à la jeunesse
Premier dépôt légal : juin 2010
Dépôt légal : septembre 2018
Imprimé en France par Pollina - 86521
Treizième édition

C'EST À CÔTÉ D'ICI.

TU VOIS LA MAISON BLEUE QUI SE TROUVE À L'ENTRÉE DU MARCHÉ... TU PRENDS LA PETITE RUE À GAUCHE...

MAISON BLEUE... À GAUCHE...

...ET LÀ, TU VERRAS UNE FEMME QUI VEND DES BEIGNETS, TU PRENDS LA RUE EN FACE D'ELLE.

LÀ, IL Y A LA BOUTIQUE DU TAILLEUR...

BEIGNET, TAILLEUR...

TANTIE VICTO HABITE JUSTE À CÔTÉ DE LUI, SINON TU DEMANDES AU TAILLEUR, IL LA CONNAÎT.

TU AS BIEN COMPRIS ?

EUH... JE CROIS QUE OUI, MAMAN...

AKISSI, LE POISSON.

MAISON BLEUE, FEMME QUI VEND DES ESCARGOTS, BOUTIQUE DU TAILLEUR DE BEIGNETS...
POURQUOI, QUAND C'EST COMPLIQUÉ, C'EST TOUJOURS MOI QU'ON ENVOIE ?

HUMPF

HOURRA ! LA MAISON BLEUE !!

BON, MAINTENANT, IL FAUT QUE JE PRENNE À GAUCHE DE LA MAISON BLEUE...

J'ESPÈRE QUE LA DAME DES BEIGNETS VA M'EN DONNER UN.

C'EST ICI NORMALEMENT...

MAIS Y A PERSONNE...

PEUT-ÊTRE QUE JE ME SUIS TROMPÉE DE CHEMIN...

5

PETITE, C'EST PAS LA PEINE D'ATTENDRE, LA VENDEUSE DE BEIGNETS EST MALADE AUJOURD'HUI.

?

ON EST TOUS TRISTES COMME TOI, TU SAIS...

MOI, JE SUIS TRISTE, D'ÊTRE PERDUE...

COMMENT JE VAIS FAIRE ? DE QUEL CÔTÉ DE LA RUE JE VAIS PRENDRE...

EH!?

MON POISSON ! RENDS-MOI MON POISSON, VILAIN CHAT ! SI JE T'ATTRAPE !

POF

PAF

OH NON, MON BALLON !?

AKISSI, TU AS VU CE QUE TU AS FAIT !?

C'EST PAS DE MA FAUTE ...

MON PIED EST TROP FORT EN TIR ...

C'EST ÇA. ON T'AVAIT DIT DE RESTER DANS LES POTEAUX, NON ?

POURQUOI TU T'ÉNERVES, EDMOND ? ON VA ATTENDRE TRANQUILLE- MENT QUE QUELQU'UN SORTE DE LA MAISON...

MON BALLON ...

... ET ON VA LUI DEMANDER LE BALLON !

ET C'EST TOUT !

MON PÈRE VA ME DONNER UN KOKOTA SUR MA PAUVRE TÊTE !

PAS POUR UN BALLON QUAND MÊME, PAPOU.

PAPOU, SI TU VEUX, JE PEUX LUI DIRE QUE C'EST MA FAUTE, COMME ÇA IL ME DONNERA TON KOKOTA À TA PLACE !

EDMOND, MON PÈRE NE TAPE JAMAIS LES ENFANTS DES AUTRES...

PAPOU, JE VAIS DIRE À MON PAPA DE T'ACHETER UN NOUVEAU BALLON.

AKISSI, TON PAPA N'ACHÈTE JAMAIS RIEN POUR LES ENFANTS DES AUTRES.

EDMOND, TU VEUX DIRE QUOI COMME ÇA, QUE MON PAPA EST MÉCHANT...

EH REGARDEZ ! Y A QUELQU'UN QUI SORT DE LA MAISON...

GRiiiNCE

SUIVONS-LE.

MAÏS ??!!

EUH !!!

LES ENFANTS, QU'EST-CE QUI SE PASSE ?
POURQUOI VOUS ME SUIVEZ ?

EUH... TONTON, C'EST
QUE... EUH...

MAÏS PARLE DONC,
Y A UN PROBLÈME ?

ON VEUT NOTRE
BALLON, TONTON...

HU ?

MAÏS QUEL
BALLON ?!

15

FROTTE-LE DERRIÈRE LES OREILLES.

LAVE SON KIKI, AUSSI

NON, IL VA AVOIR MAL.

OUIIIN !

MAIS NON, ÇA FAIT PAS MAL.

NE PLEURE PAS, TU VAS BIENTÔT MANGER.

OOOH, LES JOLIS HABITS !

TU AS TROUVÉ ÇA OÙ, BA ?

DERRIÈRE LA CUISINE, DANS LES AFFAIRES PAR TERRE, LÀ -

BON, ON VA AU MARCHÉ ?

C'EST PAS JUSTE, FOFANA IL A SA PETITE SŒUR, C'EST MOI, VICTO, ELLE A SON PETIT FRÈRE, C'EST FOFANA ET MOI...

AKISSI...

...C'EST LONG À FAIRE UN BÉBÉ ET C'EST LES HISTOIRES DE GRANDES PERSONNES...

PAPA, JE SUIS SI SEULE. FOFANA NE VEUT JAMAIS JOUER AVEC MOI ET IL ME DONNE DES COUPS...

SI J'AVAIS, MOI AUSSI UNE PETITE SŒUR JE...

AKISSI, ÇA SUFFIT, LAISSE-NOUS UN PEU TRANQUILLES.

PERSONNE NE VEUT ME DONNER UNE PETITE SŒUR ET PUIS, QUAND JE RAMASSE DES BÉBÉS DEHORS, ON ME GRONDE...

QUELQUES JOURS PLUS TARD...

OH PAPA, IL EST TROP JOLI !

ON VA LE GARDER, PAPA ?

IIK

OUI, FOFANA.

AKISSI, CE N'EST PAS VRAIMENT UN PETIT FRÈRE, MAIS TU POURRAS JOUER AVEC LUI...

HU!

OUI PAPA, JE L'AIME DÉJÀ COMME MA PETITE SŒUR.

BOUBOU AIME EMBÊTER LES GENS.

PETIT DÉLINQUANT, RENDS-MOI MON CHAPEAU !!

GHI GHI

BOUBOU AIME MANGER TOUT ET N'IMPORTE QUOI.

OH NON, MA BELLE CHAUSSURE...

OH NON, MON TAPIS...

OH NON, TOUT MON COURS DE MATHÉMATIQUES...

une cousine

un cousin

OH NON, MA PERRUQUE !

BOUBOU N'AIME PAS SE LAVER.

BOUBOU !

ARRÊTE !

HiiI !

BOUBOU AIME JOUER À CACHE-CACHE.

BOUBOU, À TABLE !

BOUBOU, TU ES PASSÉ OÙ ENCORE ?

un voisin

AKISSI, J'AI TROUVÉ BOUBOU DANS NOTRE SALON, CACHÉ SOUS LE FAUTEUIL.

MERCI, IL AIME TROP SE PROMENER.

AKISSI, JE T'AI DIT DE L'ATTACHER, SINON UN JOUR TU VAS LE PERDRE. POUR DE BON.

MAIS NON, MAMAN, IL N'AIME PAS ÇA, IL EST TROP TRISTE.

ET PUIS UN JOUR...

BOUBOUOUOUOUOUOU!

JE VEUX MON BOUBOU!

VOILÀ, IL S'EST PERDU. ON TE DISAIT DE L'ATTACHER, MAIS COMME TU N'EN FAIS QU'À TA TÊTE!

IL FAUT LE RETROUVER, PAPA, S'IL TE PLAÎT.

IL SE FAIT TARD, AKISSI, ET PUIS BOUBOU CONNAÎT LA MAISON, IL REVIENDRA.

Snif

AKISSI, CONNAISSANT NOTRE BOUBOU, IL EST CACHÉ SOUS LE LIT D'UN VOISIN EN TRAIN DE MANGER LEUR MATELAS, HI HI HI...

C'EST VRAI, FOFANA?

QUELQUES JOURS APRÈS...

PAPA, COMME BOUBOU NE REVIENT PAS, JE VEUX UN AUTRE BOUBOU.

AKISSI, VU LE CINÉMA QUE TU NOUS FAIS DEPUIS QUELQUES JOURS, TU N'AURAS PLUS D'ANIMAL DOMESTIQUE.

MAIS, PAPA, JE TE PROMETS DE FAIRE PLUS ATTENTION...

TU N'ES PAS ASSEZ GRANDE POUR T'OCCUPER D'UN SINGE.

25

LE LENDEMAIN, EN REVENANT DE L'ÉCOLE...

... MAIS OUI, UN TOUT PETIT SINGE TOUT JOLI ET COMME PERSONNE EST VENU LE RÉCLAMER, IL...

UN PETIT SINGE ?!

DE QUEL SINGE TU PARLES, TOI ?

BAH OUI, UN JOLI PETIT SINGE ET ON VA LE MANGER DIMANCHE DANS UNE BONNE SAUCE GRAINE...

MON BOUBOU !!

MON BOUBOU...

ILS ALLAIENT LE MANGER...

FIN

PLUS TARD...

TIOUU...

AKISSI, VA SURVEILLER DEHORS...

MAIS, JE VEUX VOIR SPECTREMAN !!!

CHUUUT !

MAIS, C'EST LA FIN... ET PUIS, TU VEUX DES BONBONS OU PAS ?

CHUUUT

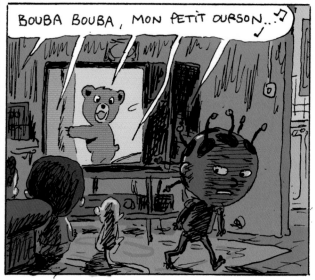

BOUBA BOUBA, MON PETIT OURSON... ♪ ✓

TU COURS ET TU GLISSES SUR LA BLANCHE. ♪ ♫

MOI AUSSI JE VOULAIS VOIR BOUBA...

VRRRR

?!

FOFANA ! FOFANA ! PAPA ARRIVE !

TOUT LE MONDE DEHORS ! SAUVE QUI PEUT, MON PÈRE ARRIVE.

VITE !

VITE !

CLAC !

BONJOUR PAPA !!

?

BONJOUR LES ENFANTS...

JE SUIS RENTRÉ PLUS TÔT, JE NE ME SENS PAS TRÈS BIEN. JE VAIS ME REPOSER DANS MA CHAMBRE. JE NE VEUX PAS ÊTRE DÉRANGÉ.

OUI PAPA.

À L'HEURE DU DÉJEUNER.

VRRR

PAPA, PAPA, TU SAIS...

BONJOUR AKISSI! J'AI FAIM ET JE N'AI PAS TROP LE TEMPS, LÀ...

BONJOUR PAPA, TU SAIS, QUAND TU ÉTAIS AU TRAVAIL ET BEN, TONTON PHILIPPE A BU TA BOISSON DES JOURS DE FÊTE...

MON WHISKY !!

ET IL A MIS DE L'EAU DEDANS...

MON WHISKY !!!...

EUH NON, TONTON, CE N'EST PAS VRAI EUH... DU TOUT.

ET PUIS TATA SARA, ELLE INVITE DES GARÇONS DANS TON SALON ET ELLE MET TA MUSIQUE DES CUBAINS, LÀ...

MON DISQUE DE CHA-CHA-CHA !

EUH NON, TONTON, CE N'EST PAS VRAI DU TOUT.

ET PUIS SURTOUT, TON FOFANA, IL EST PARTI CHASSER DANS LA BROUSSE AVEC SES COPAINS...

QUOI !?!

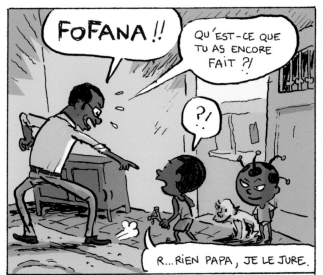

42

LEXIQUE

① FAIRE GÂTE-GÂTE :

un jeu où chacun essaye de trouver la meilleure façon de se moquer de l'autre.
Le premier qui abandonne a perdu.

(figure 1)

② KOKOTA : un coup de poing donné sur le sommet du crâne.

Aïe!

(figure 2)

③ FAIRE PALABRE :
se disputer et parfois se battre.

④ TANTIE et TONTON
personnes plus âgées qui méritent le respect. Ça peut être un voisin, une voisine, un commerçant, une vendeuse, une personne que l'on ne connaît pas aussi.

une TANTIE

une autre TANTIE

un TONTON

un autre TONTON

un autre TONTON

une autre TANTIE

un MARGOUILLAT

⑤ MARGOUILLAT : petit lézard d'Afrique
(Chez nous il y en a des gros, des petits, des colorés, alors on les appelle tous margouillat.)

CROTTES DE BIQUE AU COCO
pour mes copines et mes copains

IL FAUT FAIRE CETTE RECETTE AVEC UN ADULTE À TES CÔTÉS !

AVERTISSEMENT !!

INGRÉDIENTS pour 10 personnes :

- une boîte de lait concentré sucré (397 grammes)
- des copeaux de noix de coco (50 grammes)
- de l'huile de tournesol

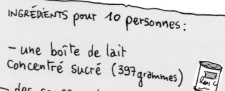

PRÉPARATION : 10 minutes environ.

① D'abord, demande à un adulte de t'aider, en lui disant qu'il pourra en manger aussi.

② Mets 2 cuillerées à soupe d'huile de tournesol dans une casserole. Fais chauffer l'huile, puis verse le lait et remue pendant 5 minutes.

③ Quand le lait commence à roussir, verse les copeaux de noix de coco et remue encore pendant 5 minutes, en évitant que le mélange colle au fond de la casserole.

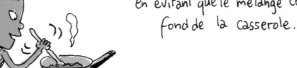

④ Lorsqu'il devient brun et forme une pâte molle (comme un peu de la purée), renverse-le dans une assiette. Puis fais des boules en les roulant dans la paume des mains. (ATTENTION ! Sans te brûler.)

⑤ Ça y est ! Tu peux manger tes crottes de bique avec les copains. Chaudes, elles sont molles. Froides, elles durcissent et sont trop bonnes.

Méfie-toi, en manger trop, ça donne des caries !

DES MÊMES AUTEURS

2- Super-héros en plâtre   3- Vacances dangereuses   4- Rentrée musclée   5- Mixture magique   6- Sans amis   7- Faux départ   8- Mission pas possible

MARGUERITE ABOUET

Chez Gallimard
AYA DE YOPOUGON (six volumes) – dessin de Clément Oubrerie
BIENVENUE (trois volumes) – dessin de Singeon
COMMISSAIRE KOUAMÉ – dessin de Donatien Mary

Chez Alternatives
DÉLICES D'AFRIQUE – illustrations d'Agnès Maupré

Chez Rue de Sèvres
TERRE GÂTÉE – avec Charli Beleteau, dessin de Christian de Metter

MATHIEU SAPIN

Chez Gallimard
KRÄKAENDRAGGON – scénario de Lewis Trondheim
LES MALHEURS DE SOPHIE – d'après l'œuvre de la comtesse de Ségur
UNE FANTAISIE DU DOCTEUR OX – d'après l'œuvre de Jules Verne

À l'Association
LE JOURNAL DE LA JUNGLE

Chez Bréal
L'ARCHÉOLOGIE C'EST NUL

Aux Éditions Le Cycliste
L'OREILLE GAUCHE

Chez Dargaud
FRANCIS BLATTE (un volume)
MEGARON (deux volumes) – dessin de Patrick Pion
SARDINE DE L'ESPACE (tomes huit à treize) – scénario d'Emmanuel Guibert
SUPERMURGEMAN (quatre volumes)
PAULETTE COMÈTE (deux volumes) – dessin de Christian Rossi
TRANCHES NAPOLITAINES (collectif)
CAMPAGNE PRÉSIDENTIELLE
LE CHÂTEAU
GÉRARD, CINQ ANNÉES DANS LES PATTES DE DEPARDIEU

Chez Delcourt
LA FILLE DU SAVANT FOU (trois volumes)
MEGA KRAV MAGA (deux volumes) – avec Frantico
FEUILLE DE CHOU (trois volumes)
SAGA POCHE (un volume)

Aux Éditions Lito
LAURA ET PATRICK – scénario de Riad Sattouf

Aux Éditions Les Requins Marteaux
SALADE DE FLUITS (deux volumes)
SUPERMURGEMAN JOUE ET GAGNE

Chez Rue de Sèvres
LES RÊVES DANS LA MAISON DE LA SORCIÈRE – dessin de Patrick Pion